나는

빛을

걷는다

공감시인선 49

나는 빛을 걷는다

ⓒ 라라, 2022

지은이_ 라라

발행인_ 이도훈
편집_ 유수진 | 교정_ 김미애
펴낸곳_ 도서출판 도훈
초판발행_ 2022년 8월 5일

사무실_ 서울시 서초구 법원로3길 19, 2층 W109호
　　　　(서초동, 양지원빌딩)
전 화_ 02) 595-4621, 010-6722-4621
팩 스_ 050-4227-4621
이메일_ flyhun9@naver.com
홈페이지_ www.dohun.kr

ISBN_ 979-11-92346-13-7 03810
정 가_ 12,000원

나는 빛을 걷는다

라라 시집

도서출판 도훈

내 머릿속에 쓰인 문장들이

이제 나의 시가 된다.

지금까지 못 했던 말들

이제 나의 시가 된다.

삼키고 삼키며 가슴속으로 감추어둔 아픔들

다시 일어서고 힘내며

희망 한 조각이라도 쥐었던 순간들

이제 나의 시가 된다.

나의 행복,

나의 실망.

나의 미소,

나의 눈물.

이제 나의 시들이

내 꿈의 씨앗이 된다.

차례

시인의 말

1부 기행

1부

기행

기행

나는 무궁화 열차가 좋다.
계절을 찬찬히 훑어보는 게
추억을 천천히 음미하는 게
네게 가는 길에 이 설렘이
느리게 흘러가는 게
참 좋다.

한 걸음 한 걸음.
아주 서서히
아주 오래오래.

하늘 너머 꿈 너머

이 푸른 하늘 너머 또 다른 하늘이

있을 수 있다는 가능성을 걷다가

궁금해지기 시작했다.

우린 늘 파란색을 보다가

그것만 익숙해졌는데

꽃무늬 하늘도 예쁠 듯했다.

꽃무늬 하늘에다가 솜사탕 친구들.

한번 올라가 보고 펼쳐볼까?

하늘 너머의 하늘.

꿈 너머의 꿈.

도망했어야 했다

눈물 자국들로부터.

밤마다 악몽들로부터.

웃는 게 죄인 듯

울음으로 벌을 주는 괴물들로부터.

멀찍이

도망했어야 했다.

우리는 선택의 대가를 치르고 있다.

온종일 가슴 아파하고

어이없는 희망을 주워보려고 한다.

참아야 하는 이유는?

견뎌야 하는 이유는?

이 답이 없는 질문들로부터

도망했어야 했다.

말도 안 되는 소리

말도 안 되는 소리를 하고 싶지만,

말도 안 되는 시선들을 두려워한다.

말도 안 되는 소리를

이 여백이 채울 때까지 쓰련다.

이때껏 말이 되는 소리는 소용없었다.

너라는 존재감

사는 것 같다.

그 온갖 괴로운 기억들에서 외떨어진 것 같다.

아무런 아픔도 없는 세계에 온 것 같다.

나를 바라보는 너를 볼 때면.

거리의 착각

멀리서 볼 때면

가시가 없고

어떠한 방패 따위는 없다.

늘 웃고 있으며

눈물이란 암흑한 것도 보이지 않는다.

가까이 가면

가시밭으로 버려질까 봐

이 자리를 오롯이 지키기로 했다.

날마다 하늘을 위해

이 고상한 하늘을 위해 쓴

또 하늘을 위해 쓸 시들이

하늘같이 수많다는 사실.

나는 날마다

하늘을 위해 쓰고 싶다.

눈을 마주칠 때마다

쓰고 싶어진다.

오늘도 하늘을 위하여.

표현해보지 못한 기분

상금 표현해보지 못한 기분들이 있다.

예컨대,

너를 만날 때 어떤 기분일까.

나를 안아주면 어떤 기분일까.

영영 모를 거야

내가 왜 이리 서글프게 눈물을 흘리는지 알기나 해?

내가 왜 내리 웃고 있는지 알기나 해?

영영 모를 거야, 아마.

내 눈물이 나를 위로하는지도.

내 웃음이 내 슬픔을 깊숙이 가두려 하는지도.

가난한 마음의 위로

지나가다 마주친 간판 위

문구 하나의 위로.

비 그친 후 흙냄새

봄날의 맑은 하늘

귓가에 들린 따스한 멜로디의 위로.

그저

가난한 마음의 위로.

토닥토닥 어語

따뜻한 손짓의 언어.

괜찮아.
다 지나갈 거야.
너는
충분히
잘하고 있어.
너는
충분히
멋있어.
토닥.
토닥.

산

커다란 산의 두 눈동자가 글썽거리고 있고

마치 좀 있으면 펑펑 울 것 같다.

그렇게 듬직하게 보이지만

많이 외로워하지 않았을까.

다시 봄이 되면 기슭에서 꽃밭들이 나타나

고운 산으로 변신한다.

그때는 환하게 미소를 짓는다.

계절마다 다채로운 옷을 갈아입고 표정을 입는다.

어떨 때는 찰랑찰랑한 치마를 입고

어떨 때는 화려한 모자를 쓰고

어떨 때는 웨딩드레스처럼 흰색 원피스를 입는다.

기쁠 때도 있고

슬플 때도 있고

예쁠 때도 있다.

어이없는 익숙함

인간은 자기도 모르게 익숙할 줄 아는 존재이다.

누군가가 자신의 물건 자리를 바꾸는데도

시간이 지날수록 그 새로운 자리에 익숙해진다.

실패하고 또 실패하는 것에 절망이 오고

포기할 것이라고 확신하는데도

그 실패조차 적응하며

결국 다시 아무렇지 않게 일어선다.

나의 전부라고 생각하는 사람을 잃게 되면

세상이 무너지는 느낌이 든다.

밥이 한 숟가락도 넘어가지 못하고

웃음까지 잃게 된다.

온몸을 고독에 묻어버린다.

그 사람과 같이 죽은 것처럼.

어느새 그 사람이 없는 자리에도

마땅히 익숙해진다.

끼니를 챙기고, 친구를 만나고, 여행을 다니며

어이없이 익숙해진다.

익숙함과 친하게 지내는 것이 그나마 다행이다.

그렇지 않으면,

숨 쉬는 죽은 자가 될 수밖에 없을 것이다.

행보

내 발끝은 다양한 곳들에 닿아 다양한 상황들을 피한다.

그 종을 누르고 문이 열렸을 때

나는 한 발자국 앞으로 가서 내 향수를 껴안을 수 있었다.

그 계단을 내리고 나서

발걸음을 머뭇거리지 않고 뒤로 서지 않았더라면

너를 볼 수 있었다.

나의 행보로 잘못된 선택을 하고 대가를 치른다.

그리고 나의 행보로

끝내기 아쉬운 한 모험에 빠지기도 한다.

소풍 가는 날

겨울에 잠시 눈을 감은 저 가냘픈 꽃이

봄이 되면 다시금 제자리에서 눈을 뜬다.

겨울이 끝이 아니라는 것을 보여주듯이

잠시 쉬다 일어난다.

우리의 겨울이 길어지더라도

우리도 마음속에서 꽃이 피어날

그 소풍의 날이 어김없이 오게 될 것이다.

기나긴 겨울인데도

언젠가는 우리도 잠에서 깨어

눈을 뜰 것이다.

그날 겨울의 기억을 떠올리면서

우리의 봄을,

우리의 소풍을 마음껏 즐겨보자.

그녀는

소녀 같은 긴 머리의 흰색이 이제 점점 짙어진다.

부드러운 머리카락을 손에 든 채 나는 그녀의 머리를
빗질했다.

먼저 머리를 묶고 그다음에 천천히 땋았다.

땋고 나서 보여주었더니 마음에 들어 했다.

나도 뿌듯했다.

항상 머리카락이 많이 빠지는 편이었다.

그동안 얼마나 불행했는지 어떤 일들을 겪어보았는지

하나씩 빠지고 있는 이 머리카락들이 말을 하고 있었다.

나는 그녀를 볼 때마다

더 슬퍼 보이고 더 작아지고 더 사라지는 것 같았다.

그런데도

어쩜 이렇게 아무렇지 않게 웃을 수 있었을까?

그 웃음 속에서 그녀의 아파하는 눈빛을 볼 수 있었다.

나도 그녀를 따라 함께 웃어보았다.

나는 행복한 척하더라도 그녀는 늘 만족했다.

어느 날 그날이 문을 두드릴 때면

아쉬움이 가슴 깊은 곳에 가라앉을 것이 틀림없었다.

하루

똑같은 아침.

무거운 발걸음.

기대 안 해도 되는 하루.

문을 열자마자 나의 모든 장기를 흡수하는 술 냄새.

조잡한 짙은 파란색 분리기 색깔까지 지겹다.

나는 배경 화면을 볼 때면

나의 위안을 되찾을 수 있다.

그리고 왠지 건너편 길거리에 있는 묘지는 말이다,

나의 쉼이다.

거기에 심어 있는 기나긴 나무들이

하늘에 닿아 근사하다.

맛없는 커피를 마시면서

내 시선이 그 묘지를 향할 때마다

이 커피마저 맛이 살아난다.

그냥 전화기가 울리지 않았으면 한다.

그냥 그 아무도 대수롭지 않은 질문이더라도

물어보지 않았으면 한다.

기다리고 있는데 무엇을 기다리고 있는지 모르겠다.

아마도 한 번쯤은

기대해도 좋은 하루였으면 좋겠다.

침묵

귀찮게 또다시 밥을 먹어야 한다.

귀찮게 또다시 나의 외로움과 슬픔을 앞에 두고

마주 앉아 밥을 먹어야 한다.

나의 전부를 가두어버리는 침묵.

침대에 누워 다만 상상 속에서 느끼고 싶다.

나누지 못한다.

나눌 수가 없다.

서늘한 바람을 뚫고 다시 창문을 두드리는 침묵.

삼키기만 하면 된다.

듣지만 않으면 아무 문제가 없다.

오늘, 이 묵직한 밤만 지나면 괜찮아진다.

나의 절망을 서성거리며 손을 내밀어주는 침묵.

가시투성인 말들에 아무 말도 입 밖으로 내지 못했다.

다만 더러운 이 옷을 던져버리고 싶었을 뿐.

어이없게 또 돌아온 침묵.

익숙해져 가는 이 고통.

거리두기

북쪽과 남쪽 사이처럼.

작은 별과 큰 별 사이처럼.

눈과 마음 사이처럼.

적당한 선을 유지하면서 지내는 것으로

이해하려고 애쓰지 않을 테고

그러므로, 불행할 일도 없고

걱정할 일도 없으며

실망할 일도 없을 것이다.

풍경

바람에 흩날리며

푸른 나무의 우아하고 여린 나뭇잎들이

손을 흔들고 있었다.

품격 있는 나무의 잎들을 멀리에서 바라보며

쓰다듬어 주었다.

한편의 저 어딘가에서 새들의 조화로운 음악 소리가

오케스트라 같이 들렸다.

이 평화로운 풍경을 너와 나누고 싶었지만

도무지 마음이 나를 멈추었다.

오늘도 오로지 혼자 만끽하려고 했다.

파랑

푸른 언덕 위에서 바라보는 새파란 바다.

바로 눈에 띄는 이 경치의 지도자인 빨간 등대.

활기 넘치게 노래하고 있는 거품들.

한없는 이 파랑.

나는 이 모든 풍경을 들이마신다.

아름다워서 참 슬프구나.

나는 이 모든 풍경을 손에 쥔다.

마음속 어딘가에 안착시킨다.

2
부

날아가는 것

날아가는 것

날아가는 것을 배워야 해.

비행기나 열기구를 타고 날아가는 게 아니라

새들처럼 말이다.

새들처럼 날아갈 수 있어야 해.

원하는 나라에 가서

원하는 존재들과 만나고

원하는 음식을 먹고

원하는 멜로디를 듣고

원하는 언어를 하면서 살아야 해.

태풍이 있어도

눈이 오더라도

폭풍이 불어도

새들처럼

날아가는 것을 배워야 해.

날개 같은 게 없어도 돼.

너의 날개를 만들면 되니까.

길을 헤매도 괜찮아.

헤매다 찾으면 되니까.

외롭지 않을 것이다.

아픔을 다그치지 않을 것이다.

오직 날아가는 것을 배우기만 하면 된다.

사랑

팔을 벌려주는 숲속 두 나무 사이에

묶어 누워보는 해먹.

오전 바다에 비춰주는 반짝거림의 시트.

해변에서 힘차게 뛰며

모래놀이하는 아이들의 웃음소리.

벤치에 앉아 흡수하는 자유로운 공기.

창가 옆에서 음미하는 커피와 함께

조금 전 온 방문자의 부드러운 날갯짓.

맑은 마음.

잔잔한 눈빛.

영롱한 미소.

그것이 내가 바라던 평온.

그것이 내가 바라던 사랑.

시도 때도 없이

시도 때도 없이 생각난다.

해 질 무렵 해바라기밭 가운데

여름날 스쳐 가는 바람 속

언뜻 고개를 들어

뿔뿔이 날아다니는 새들을 볼 때

시 한 구절을 느긋이 읊조릴 때

고요한 밤 한복판에 마음이 헤엄치며

숨을 쉬려고 할 때

멎을 줄 모르는 눈물을

그만 흘리고 싶을 때

네가 생각난다.

시도 때도 없이

내 앞에 나타난다.

마음속에 있는 새싹이

사방에 있는 정원들을 돌아다닌 꼬마가

나무에 올라가 작은 손으로 온 힘을 다해 라즈베리를

따고 있었다.

옷이 라즈베리밭 같았는데도 아무렴 어때.

무심코 열매를 따기만 했다.

해 질 무렵에 자전거 바퀴를 돌려보았다.

다양한 색깔로 꾸미는 것을 좋아했다.

페달을 밟을수록 반짝이는 별 덩어리 바퀴.

자전거 여행의 흔적인 멍든 무릎.

드디어 목적지에 도착했다.

이 마을에선 별들이 눈부신 게 변함없는 사실이었다.

무너져도 다시 만들어가는 흙 케이크.

잔디밭 위에서 환한 미소로 찍은 사진.

시장에서 갓 사 온 향긋한 옥수수 냄새.

나의 어린 시절.

마음속에서 돋고 있는 나의 새싹이.

역

세월의 흔적들이 고스란히 남은 낡은 기차역.

시곗바늘은 아직도 시간이 남았다는 것을 가리킨다.

각자의 표정의 주인인 사람들을 바라본다.

내가 만들어진 이야기들을 입혀본다.

아직 표조차 사지 못한 채 떠날까 말까 망설이는 한 남자,

설레는 마음으로 마중 나간 한 여자,

다시 여기에 안 올 것처럼 가지고 있는 모든 짐을 쌓아둔

어렴풋한 표정으로 서 있는 아저씨.

사방이 초록의 톤으로 둘러싸인 이 기차역.

여태까지 온갖 감정과 표현의 목격자.

내 마음만큼이나 강한 철도를 바라보다가

다가오는 기차 소리가 들린다.

남자가 도무지 떠나지 못했다.

여자가 기다리고 있는 사람이 기차에서 내리지 않았다.

아저씨는 눈물을 싣고 떠나버렸다.

나는 발끝을 머뭇거리며

주변을 한 번 더 눈에 새겨두고 뒤돌아보았다.

오늘은 아니었다.

이유

아무래도 이유를 알아야 했다.

너의 약속들은

이유 없이 나를 떠날 수가 없었다.

너의 따뜻함이

내 마음에 차가운 이불을 덮을 수가 없었다.

지금까지 수많은 이유를 찾았다.

오늘도 이유 하나를 더했다.

나는 매일매일 이유의 악몽을 꾼다.

나무 마을

안개 속에서 저 멀리 서 있는 나무 마을에는

이 연무 가운데 영롱한 해가 뜨고 있다.

다시금 예고 없이 찾아온 가을.

이 짐 전부 내려놓고 나무 마을로 가버릴까?

이 거센 안개를 파고들어

다만 빛을 초대하는 저 마을로 떠나버리고 싶다.

잔치

저 먹구름들이 계속 이렇게 어깨동무하지 않을 거야.

좀 더 기다려주면 서로에게 떨어지게 될 거야.

그때 하늘이 개고 따스한 빛을 드러낼 거야.

비가 남겨둔 이 향을 기억 속에서 간직해보자.

아끼면서 되새기자.

솜사탕 같은 푹신푹신한 새하얀 구름.

무한대의 파랑.

더해진 선물인 저 무지개 칵테일.

기다리고 기다렸던 우리의 이 잔치를

이제부터 즐겨볼 시간이다.

하나하나 이 별미를 맛보며 들이켜보자.

맞춤

발걸음을 맞춘다.

웃음을 맞춘다.

눈물을 맞춘다.

사랑을 맞춘다.

눈송이

난로 위에 향긋한 귤 냄새를 맡으며

창밖에서 왈츠를 추고 있는 눈송이들을 바라본다.

서로를 닮지도 않고 서로에 닿지도 않고

각자의 길을 가고 있는 눈송이들.

저마다의 매력과 꽃다움을 비춰준다.

하나의 진달래꽃, 하나의 해바라기, 하나의 장미꽃.

이 아름다움이 사라지기 전에

나의 눈길에 담아본다.

나의 문장들

나의 문장들은 너와 눈을 맞추어

너의 손길을 느껴본다.

나의 문장들은 너의 미소를 보며

눈물을 본다.

이제는 나의 문장들은

어딘가에 버려져 있고

너의 손길과 너의 눈길을

그리워한다.

별 생각

나는 가끔 밤하늘 마을에 들러본다.

그 마을의 별 거리를 설렘 가득 둘러본다.

이곳에서 별장 하나 만들면 얼마나 좋을까.

나는 가끔 밤하늘 마을에 들러본다.

별 생각을 한다.

너의 빈 자리

너의 빈 자리를 네가 좋아하는 꽃들로

네가 좋아하는 멜로디로

네가 좋아하는 시의 문장들로 채워 주었다.

그리고 너의 빈자리를

네가 늘 듣고픈 나의 웃음소리와

사랑한다는 말로 채워 주었다.

너의 빈 자리를

네가 좋아하는 것들로 채웠는데도

내가 사랑하는 너로

채워 주지 못했다.

심장한 시

의미가 심장한 말.

빛이 심장한 보름달.

아픔이 심장한 이별.

눈물이 심장한 마음.

상상이 심장한 꿈.

네가 심장한 나.

시선

지독한 냄새로 에워싸인 캄캄한 이곳.

칼을 들고 나를 매번 죽인다.

나는 무거운 숨을 고르고

보잘것없는 오늘을 시작해야만 한다.

나를 쉼 없이 쳐다보고 있는 시선들로

이 감옥에 갇혀 있다.

여기에서 게임을 규칙대로 잘해 나가면

하루를 거침없이 내보낼 수가 있다.

가려져 있는 창문 틈 사이로

스며드는 노을빛은

나의 유일한 쉼터가 되기로 했다.

나는 이 친구를 볼 때면 안도의 미소를 지으며

진심으로 고맙다는 말을 전해준다.

그 순간마다 기분 좋은 노래를 흥얼거린다.

그리고 이 모든 침울한 시선들을 차단한다.

마지막 인사

관을 옮기는 상여꾼들은 그를 씻기기 위해 잠시 멈추었다.

순서를 기다리고 있을 때

한 방문자가 다가와 관 뚜껑을 열었다.

마지막 인사를 드리고 싶은 모양이었다.

서럽게 아주 서럽게 울었다.

그때 그 시절의 미움의 눈물이었다.

미움을 깨끗이 씻어

텅 비운 마음으로 인사를 드렸다.

그의 이마에 입을 맞춘 뒤 그를 보내드렸다.

그 이후로는 눈물을 더 이상 보여주지 않았다.

상여꾼들은 돌아와 목적지까지 그를 모셨다.

그의 자리를 한 명씩

흙 한 삽과 흙 한 줌으로 채웠다.

각자의 마음에 가라앉은 감정들.

애도.

괴로움.

더는 그들의 가슴속을 떠나지 못할 그리움.

우산

이리저리 흩어지게 만드는 폭우 속에서도

우산을 붙잡고 있었다.

어리석음에 젖었어도

그 우산만을 놓치지 않으려고 했다.

우리는 놓치고 있었다

액자 속에 따뜻한 미소를

선선한 바람의 인사를

걸음을 내디딜 수 있는 자유를

어깨에서 내리지 않는 묵직한 것들에서 잠시 도망을 쳐

한 모금 한 모금 음미하는 공기를

힘을 내지 못해

실망이 뒤를 떠날 줄 모를 때

고개를 들어 우리를 위해 마중 나가는 이 태양을

별의별 소리의 명연주자인 푸른 숲을

있을 때 소중함에 눈이 멀어

벅차오르는 이 사랑을

우리는 놓치고 있었다.

방문

나의 나약한 뼈들이 묻어 있는

어두움의 집 문 앞에

예쁜 꽃들을 놓고 가세요.

당신의 눈물을 주지 마세요.

이 곱고 고운 하늘의 눈물이 충분할 거예요.

행복한 이야기만을 들려주세요.

실컷 웃고 떠들고 가시면 전 좋아요.

그리고 가시기 전에

기도 한 송이도 부탁할게요.

네 생각을 하려다

고요한 눈에 귀 기울여 본다.

네 생각을 하려다

햇볕을 타며

샅샅이 녹아버린다.

꽃잎들이 웃어지기 시작한 날엔

문득 너의 발걸음이 들린다.

마중 나오려다

서서히 사라진다.

네 모습 아득히 저 멀리.

기회

다시 만들어보자는 생각.

한 번, 두 번, 세 번.

포기하지 말자는 생각.

분명 보람이 있을 것이라는 믿음.

나는 간혹 이렇게 기회 탑을 만들어보고는 한다.

쌓고 쌓는데도 무너지기만 하는 탑.

주워보고 다시 쌓고 다시 주워본다.

끝이 희미해지는 악순환.

열한 번째의 이사

오늘은 열한 번째의 이삿날.

깨질 수 있는 물건들을 조심스레 포장한다.

‘주의’

‘깨질 수 있는 것’

메모를 쓰더라도 소용없을 것은 잘 안다.

다 하나씩 깨져 있고 갈수록 줄어들고 있다.

헤어질 시간.

감개무량한 기분.

처음부터 다시 적응해야 하는 동네와

인사를 나누고 나의 소개를 해야 하는 사람들.

발견해야 하는 많은 장소.

반복되는 적응의 시간.

언제나 나의 일부도

한 조각 한 조각 서서히 줄어든다.

빛

해가 떠날 때 즈음에 길을 걸어보았다.

길 끝에 빛이 내리쬐고 있었다.

나무들 사이에 숨어 있는

그렇게 영롱하지 않았던

뭔가 따스하고

고상하게 미소를 짓고 있는 빛.

끝까지 걸어야 한다는 느낌이 든 채

그 골목을 넘어서 빛을 따라 하기 시작했다.

마치 길 끝에 나를 반겨줄 신비로운 곳으로

안내해주는 것 같았다.

—그래 따라가 보자.

이대로 이 자리에 서 있는 것보다 훨씬 나았다.

다 좋아질 거야, 아마도.

3부

이스탄불

이스탄불

이 도시는 잠이 든 적이 없다.

늘 꾸며있는 모습으로 살아가며

그녀의 호화로움에 감탄하게 만든다.

시끌벅적한 거리를 둘러싼 클라리넷과 카눈의 감미로운 소리가

이 밤이 깊어질 것이라는 신호이다.

골목 사이사이 초면에 낯을 가리지 않고 반가이 인사하는 고양이들.

집 사이사이 묶어 있는 줄을 탄 빨래들.

형형색색을 입은 마을에서는

춤추고 있는 집시들의 즐거움과 나도 함께 어울려 본다.

화려한 꽃무늬 치마들과 반짝이는 귀고리들.

이 춤만을 위해 고민 따위를 잠시 내려놓은 듯한 표정의 주인들.

배 출발 소리와 다리 위에서 줄줄이 세워져 있는 낚싯대들.

기다림의 끝이 보이지 않는데도

이 파란 산뜻함에서 실은 낚시가 변명일 뿐.

복잡하고 멈추지 못한 도심 속에서

도시의 감시자인 갈라타 탑은

근엄함을 쏟아준다.

이 축제 속에서 나는

붉은 차의 향을 맡으며

이스탄불과 함께 쉼 없이 춤을 춰 본다.

별빛 한잔의 위로

아직도 여백이 남아 있는 공책을

눈물의 자국들로 살며시 채워보았다.

도무지 나오지 못한 말들은

도대체 왜 이 눈물을 타고 나오려고 한 건가?

따뜻한 별빛 한잔으로 나를 위로해주었다.

―그래.

오늘 하루도 근사했다.

터널

파란불, 노란불, 주황불, 빨간불.

이 밤의 일행들인 것 같다.

점점 내 뒤에 남겨두어 멀어지고 있다.

어두움을 걷는다.

짙어지는 안개 냄새가 안내해주는 터널.

어쩌면 홀로 걸어야 할 이 터널 끝에

마중 나와 있는 새로운 일행들이 기다리고 있을지도
모른다.

불꽃들이 보인다.

나는 빛을 걷는다.

소소함

―저는 주로 인디 음악을 듣는 편이에요.

수국하고 튤립을 좋아하고

최애 커피는 바닐라라떼예요.

영화보다 연극을 더 흥미롭게 느껴요.

저와 마주 앉아 소소한 행복을 나누어보아요.

서로에게 웃음을 주고

두근거리는 발걸음을 주어요.

밤하늘을 주고

이 고상한 은하수를 주어요.

다만 눈물만을 주지 마요.

향

바닷모래 가득히 담겨있는 여름의 향.

낡은 골목 속 추운 겨울의 향.

어린 시절 저녁 공기의 향.

작은 발끝으로 서 있던 잔디밭의 향.

이 세상에 존재하지 않는 꽃들의 향,

나의 영광스러운 추억들의 향.

문

문이 열리고

문이 닫히고.

문이 울고

문이 울리고.

안 열렸으면 하는 문들 있고

열었으면 하는 문들 있고.

문턱이 막히고

말문이 막힌다.

반복 속에서

아침 인사가 반복되어도

밥맛이 반복되어도

잠자리가 반복되어도

밤하늘은 어제보다 새로울 거야.

눈빛은 어제보다 아름다울 거야.

상자 속 비명

깊숙이 파묻었던 먼지가 가득한 상자.

굳어버린 줄 알았지만, 먼지가 점점 지워져

비명의 애원이 울려 퍼지고

땅 밖으로 나오려고 한다.

발바닥에 아스팔트를 묻히고 뛰어다니며

인동초 꿀을 새삼 신나게 빨아 먹던 시절.

힘차게 바퀴를 달리고 올라가던 오르막길에서

거듭 들리는 비명의 발걸음.

평화로운 아침 식사 속

평범한 생각들과 나란히

따뜻한 차 한 잔을 음미하던 찰나에

흘리는 비명의 눈물.

파묻으려고 하는데도

더는 들어가 지지 않는 고통.

선명해져 가는 소리에

힘껏 귀를 막는다.

터미널 안 떡볶이집

버스를 기다리다가 출발하고 도착하는 반복 속을 훑어보았다.

떡볶이 3천 원. 주머니를 확인해보니 돈이 충분했다.

어묵을 빼달라며 주문을 해 아줌마가 주문을 이상하게 했다는 눈빛으로

"어묵을 빼면 많이 안 남았을 텐데…"라고 말했다.

나는 "그래도 맛있어요" 라고 미소를 지으면서 아줌마에게 떡만 있어도

잘 먹을 수 있다는 신호를 보냈다. 쫀득한 그 맛만 느끼고 싶었다.

호호 불며 떡을 씹을수록 이 음식이 이 공간에 곧잘 어울린다는 생각이 들었다.

아늑하고 따뜻하고 향수가 가득한 맛이었다.

그렇지만 이 도시에서 마지막으로 먹고 있는 음식이었다.

처음에 먹어봤을 때 기우뚱거리며 낯설었는데 이제야 정이 들었다는 생각에 아쉬워했다.

떠나기 싫었다.

추울 것 같았다.

온몸이 아파

몸살이 올 것 같았다.

슬픔을 좋아하는 사람

나는 슬픔을 좋아하는 사람.

그러므로 너의 위로를 받을 수 있고

포근함을 느낄 수 있는 사람.

굳건히 지키는 자리

힘겨운 겨울 속

묵직이 서 있는 저 떡갈나무가

가지만 남았는데도

눈부시게 우아하다.

땅바닥을 붙들고

그 자리를 굳건히 지킨다면

나약한 나뭇가지가

으레 아름다움을 비춰줄 거야.

여름 설렘

내 손바닥 안

소나기 방울, 흙냄새.

내 손바닥 안

당신의 손길, 온기.

우린 사랑이 되고

너의 이름을 모랫바닥에 살며시 새겨본다.

파도가 닿기 전에

마냥 내 눈길로 닿는다.

어느 날 우린 이 모래처럼 뿔뿔이 흩어지겠지.

파도가 치듯이 모든 아름다움이 사라지겠지.

잔잔한 추억 속에서 다시 만나자 우리.

그때 우린 사랑이 되고

태양 빛을 올라타고서

영롱히 비춰주길.

희한한 기억

희한하게 눈앞에 어른거리는

그날에 입고 있던 분홍색 스웨터.

몹시 뜨거웠던 요릴 먹다가

꾹꾹 참지 못해

왜 뜨겁다는 소릴 했는지의 후회감.

짖는 개들에

쫓기는 자전거.

겁쟁이의 용기는 어리석음일 뿐.

밟고 지나갈 것은 분명한데도

돌덩이를 무심코 뚫고 나간 나약한 자들.

혼자서 하는 숨바꼭질.

다 숨길 수 있고

아무도 못 본다는 안도감.

희한하게 기억하는

내 가슴 깊은 곳

뾰족한 조각들.

선택

횡단보도 건너편에서 서 있는 너의

희미한 눈빛을 바라본다.

간절히 기다리는 네 마음의 파란불.

발끝을 머뭇거린다.

나는 도무지 건너갈 수가 없구나.

온종일

온종일 미워하고 온종일 운다.

온종일 용서하고 온종일 웃는다.

추억을 쌓으려고 하고 행복해지려고 한다.

퍼즐의 조각들이 도무지 모여지지 않는다.

한두 조각 항상 공간이 남는다.

사진 속 노란 점프슈트의 나.

너의 존재감의 기쁨.

안도에 기대며 붙잡은 손.

더는 놓쳐도 미련 없는 손.

더는 기댈 아무 곳도 필요 없는 손.

나는 오늘도 온종일의 눈물과

온종일의 미움들을 가득 안는다.

이제는 그 용서조차도

그 웃음조차도

꺼내줄 사랑은 없다.

사소하다는 것들

사소하다는 것들이 아픔으로 변할 때

더 이상 사소하지 않은 것들이 된다.

나중들이 모여 쌓일 때

더 이상 미룰 수 없는 후회 산이 된다.

나비

눈꺼풀에 안착한 흰 나비.

순간, 눈을 감겨주며

나의 슬픔을 챙긴다.

마법처럼 모조리 아물어 간다.

멀기만 한 너

세상은 좁은데

나라가 멀다.

이 지구의 그 모든 물리 법칙을 뒤집고

나에게

가까워지게

당기고 싶다.

그 많은 산을 넘어

그 많은 국경을 지나

네게로 간다는 게

마냥 쉽지만 않은 일.

멀기만 한

너.

눈빛만으로

눈빛만이어도

영 놓치지 않을 듯 안아준다.

다 괜찮다고 말해준다.

눈빛만이어도

기쁨을 내밀어준다.

말이 필요 없이.

말은 없어도 된다는 듯이.

이 세상에 없는 언어를 만들어

서로만 알아도 충분하다는 듯이.

보다 큰마음

나는 이 마음이

우주 끝자락까지 닿아

웅장해질 줄은 몰랐다.

오래 걸리겠다.

다 작아지고

다 접어주는 게.

진정한 이별

이별은 그다지 못난 것이 아니다.

서로에게 새롭고

기대해도 좋은 시작일 수도 있다는 것.

선명한 추억들을 가슴에 새겨두고

이제는 작별 인사를 나눠도 되는 것.

우리들이 한때 나누었던 사랑처럼,

아름답게.

미안해하지 말아야 하는 것.

그동안 고마웠다고

잘 지내라고 하는 것.

그것이 진정한 이별이라는 것.

기억상실

예전에 그리던 모양들은

손이 따르지 못해 점점 잊힌다.

들었던 멜로디들은 사라진다.

간절하던 미소들

꽃다운 향들은 아득해진다.

선명할 것 같았는데.

온전히 그 자리에 있을 것 같았는데.

난데없이 불어온 바람이 가져갔나

깜깜한 밤 속 소용돌이에 붙잡혔나

되돌릴 수는 없을까.

4부

나의 서울

나의 서울

이 눈부신 도시에 처음 온 게 십 년 전이었다.

걸음을 내디딜수록

흥미롭고, 발견해야 할 마법들이 셀 수 없을 만큼이었다.

낯설지 않은 익숙한 느낌.

나의 영혼이 잠시 여기에서 머물다 간 적이 있던 기분.

도시의 구석구석에서 펼쳐져 있는 포근함.

포옹처럼.

나의 자유를 만끽하며

붕 떠 있는 발걸음으로 길을 걸어보았다.

북적북적한 거리,

달고 삼삼한 음식 냄새,

알록달록한 전구들,

감미로운 음악 소리,

우아한 무용의 주인공인 이 도시.

떠나야 할 시간이 나를 불러보았다.

포근한 순간들을 잠시
이 마법의 도시에 묻고 가야 했다.
나와 함께 가져갈 수는 없었다.
나의 향수가 될 이 뜻깊은 순간들을 아로새길 때면
분명 아파할 것이었다.

연인과 같았던 이 여행.
만날 생각에 설레었고
미치도록 그리워했고
헤어질 때는
눈물겹고 슬퍼했다.

이 자리에서 잠시 나를 기다려 달라고 했다.
—잠시만 안녕 나의 마음.

아주 잠시만,
나의 서울.

너에게 바라던 것들

별을 따달라거나

이 은하수를 나에게 바치라는 말은 아니었다.

고작 밤하늘 보름달의 기쁨을 이야기해주고

따뜻한 아침 인사를 들려주고

듣고 싶었다.

네가 생각날 때

내 생각이 나면

와닿는 시 한 구절을

노래 한 소절을

길을 걷다가 마주친

뜬금없는 아름다움을

나누어주자는 말이었다.

나를 둘러싼 이 지치고 지겨운 것들로부터 구해주고

내 숨이 되어달라는 말이었다.

파도 탓

여전히 덧드러나지 않고

간직하고 있는 나의 섬에

커다란 한 파도가 다가오고 있다.

파도의 분노가 차오르고 있다.

하나뿐인 나의 섬을 쳐버린다.

수없이 치고 수없이 무너뜨린다.

나의 낙하의 이유로 파도를 탓했다.

오히려

이 섬을 다시 무너지지 않게 세우기엔

파도의 힘을 빌렸어야 했다.

안아줘요

나를 안아줘요.

아주 예쁜 섬에 여행 온 것처럼.

우아하게 내리는 여우비처럼.

어린 시절의 기쁨처럼.

안아줘요.

과분한 온도

겁이 난다.

몹시 벅차게

가득 채워지게

따뜻해질까 봐.

다가가지도 못한 채

적막한 밤길로 돌아간다.

배신 없는 이 차가움이

차라리 나을지도.

가혹한 시간

시간은 병을 주고

약을 준다.

아직 남아 있기에 불행인

아파할 순간들을.

이미 지났기에 다행인

아파했던 순간들을.

좋은 기억 따위는 선물해주지 않는

가혹한 시간.

미소를 기억 속에서 뭉개버리며

눈물을 간직하려고 남겨둔다.

마지막 행복의 시간을 모르게 하며

마지막 슬픔의 시간을 뚜렷이

되새기게 한다.

이미 지났기에 다행인

순간들.

아직 기억하기에 불행인

순간들.

한 계절만

봄, 여름, 가을, 겨울.

어떤 계절이 오면 달라질까.

매번 그들 앞에 서서 물어보았다.

이번엔 가져온 게 없냐고.

나에게 기대할 설렘을 주었는데도

여태까진 털끝만큼도 달라진 것이 없었다.

혹여나

다섯 번째 계절이 있으려나.

그 계절이 오면 달라지려나.

사계절마다 오직 한 계절만.

봄도 겨울.

여름도 겨울.

가을도 겨울.

차갑고 쓸쓸한

한마음만.

걱정 마 엄마,

무지하게 행복할 거야.

행복해서 눈물을 흘릴 거야.

푹 자고

아주 맛난 거로 먹고

밤에도 따뜻할 거야.

그래도

걷다가 넘어지면

그 아픔까지 환영할 거야.

다 안아주고

슬픔을 기쁨으로 만들고 보낼 거야.

걱정 마 엄마,

아무 데도 안 가고 옆에 있을 거야.

재스민들이 춤추는 그날엔

난 엄마랑 산책할 거야.

수첩 속 추억

그녀는 주고받은 문장들을 기록하며 추억의 수첩을 만들었다. 날짜 하나하나. 몇 분 몇 초 하나하나.

오랜 시간이 지나 둘이 사랑을 했다. 또 오랜 시간이 지나 둘이 이별을 했다.

그때 둘이 그 수첩을 다시 훑어보았더라면 모든 것이 달라졌을까.

그때의 그 커다란 사랑이 조금이라도 움직여서 그들을 살려줬을까.

몹시 힘이 드는 순간에 추억은 힘이 되지 못했다.

추억은 나약했다.

추억은 잔인했다.

귀가

가끔가다 생각이 나는 건

이 고독함을 언제까지 즐길 수 있을지다.

어느 날 고독함의 배신에 맞선다면

길을 걷다가 보지도 못한 채

큰 구덩이 안에 떨어진 느낌이 들 두려움을

감내야 할 것이다.

허리가 구부러져 있고

안부를 묻는 친구 하나도 없을 때면

나는 잠시 바람을 쐬러 나갔다가

저녁노을에게 미소를 지은 뒤

차분한 발걸음으로

시로 돌아갈 것이다.

외삼촌네 아파트 냄새

외삼촌 아파트 냄새는 나의 추억의 냄새였다.

이 아파트를 들어갈 때 되면

나의 어린 시절이 그대로 머물고 있었다.

계단을 하나하나 올라갈수록

누군가의 집에서 나오는 양파 볶음 냄새에도

점점 가까워지고 있었다.

지금까지 수없이 발을 밟았던 이 계단이

어릴 적 추억들을 떠오르게 하며

나에게 보여주고 있었다.

나의 뜻깊은 순간들을 손에 들고

천천히 그 계단을 올랐다.

외숙모가 문을 열고 기다리고 있을 것 같았는데도

층마다 계단 끝에 항상 그랬듯이

헷갈린 표정으로 나는

외삼촌네 집이 어디 있는지 문들을 살펴보았다.

역시 외숙모는 문을 열고 기다리고 있었다.

두 팔을 벌려

오늘도 내 이름을 사랑스럽게 불렀다.

이 집에 매일 오고 싶었다.

가을 나무 무늬로 되어 있는 소파 커버들,

작고 아기자기한 주방,

백과사전들이 고스란히 제자리에 있는 책장,

열쇠가 여전히 없는 화장실 문짝,

크리스마스트리를 놓는 자리 옆에 늘 있는 티비까지

그대로였다.

나는 추억 한 그릇 듬뿍 먹고

한 잔 쭉 마시며

오늘을 만족했다.

괴물들

괴물들의 꿈틀거림이 들렸다.

그들의 시선을 끌었는지 나를 부르고 있었다.

나는 다른 선택권이 없었다.

깊은숨을 들이마시고 문을 열었다.

아직은 조용했다.

폭풍 전에 고요함이었다.

느닷없이 깔깔깔 웃음소리들이 울려 퍼졌다.

이것은 모든 것이 정상이라는 신호가 오히려 아니었다.

이 인생의 어느 구석에서도 그랬다.

좋은 일이 있든 신이 나면 안 되었다.

설레면 안 되었고 웃으면 안 되었다.

결국 괴물들이 어디든 찾아올 테니

조심해야 했다.

웃음소리가 끊긴 후

중간마다 큰 소리가 울리기 시작했다.

귀를 기울여 무슨 상황인지 집중했다.

큰 괴물이 나타난 모양이었다.

큰 괴물의 분노 가득한 소리가 온 우주를 에워쌌다.

그 누구나 온갖 크기와 특징을 가진 괴물들을 키우고

있다.

작은 괴물, 중간 괴물, 큰 괴물.

소리를 내는 괴물.

소리가 없는 괴물.

울다가 웃는,

사랑하다 증오하는 괴물까지 존재한다.

폭풍 후 찾아온 고요함.

이제야 모두가 잠이 들어

나도 지친 눈물을 닦은 채로

서서히 잠이 들었다.

식탁

나는 매번 이 식탁에 앉아

지겨워했고

두려워했다.

내 몸에 배가 고프지 않게 누를 수 있는 버튼이 있었

으면

좋았을 텐데.

숨을 고르지 않고 밥을 허겁지겁 먹었다.

심장 박동이 빨라졌다.

나는 한 숟가락 두 숟가락 연달아 밥을 삼키며

돌 하나가 내 심장 속에 함께 가라앉은 듯한 느낌이었다.

시선을 피해 고개를 들지 않았다.

혹여 내가 고개를 들고 눈을 마주 쳐다보면

돌 하나 더 내 심장 속에 가라앉을 것 같았다.

나는 매번 이 식탁에 앉아

지겨워했고

두려워했으며 죽고 싶었다.

비

비는 나쁜 기억을 치우는 힘이 있을지도 모른다.

왜 이렇게 사랑스럽게 내리는지.

그냥 포옹하고 싶다.

 부드러운 손을 내민 채로

 나를 같이 춤추자고 부른다.

— 오늘만큼은 춤춰도 되잖아.

 내가 다 지워줄게.

— 그럼 내가 춤을 출 테니까

어서 와 비님!

내 머릿속을 맴돈 이 괴로운 기억을 다 지워주렴.

행복만 내 주머니를 가득 채워 주렴.

흔한 말

이 인생이 한계를 더듬고 지칠 때는

식상한 말조차 다시 나를 일으키게 한다.

괜찮아, 힘을 내봐, 넌 잘하고 있어.

이 흔한 말들에 언제나 목이 말라 있다.

잠시만이라도 내 마음을 토닥여 주며

늘 듣고픈 문장들이 돼버린다.

혹시 모르지

작지만 희망찬 움직임의 시작이 될 수도 있다는 것을.

줄타기

그는 균형의 장인처럼 줄을 타고 있다.

관객들의 신나는 환호성과 함께

그도 줄 위에서 신나기 시작했다.

멀리서 볼 때는 틀림없이 흥미롭고 재미있는 장면.

가까워질수록 슬퍼진다.

꿈이라는 이 순수한 단어는 실은 은공 따위를 모른다.

그럼에도 불구하고,

꼭 견뎌야 한다는 욕망을 키우게 한다.

이 아픔의 자국들이 기쁨을 온몸으로 느끼게 만든다.

줄 끝에 그 기쁨은 그를 안아주려고 기다리고 있다.

그가 줄을 밟을수록 보다 높이 날아가고 있다.

줄이 새파란 하늘 위로 그를 올리고 다시 끌어당긴다.

그는 마지막 발걸음을 첫 발걸음처럼

초심을 들고 수럭수럭 내디딘다.

편지

나에게 편지 써줘서 고마워.

그 여느 날처럼 평범할 것으로 생각했던

11시 11분 칠월 열한 번째 여름날에

너의 따스한 미소로 가득한 인사 덕에

사소하게 보였어도 큰 변화가 시작되었어.

너의 첫인사 선물인 보라색 수국 사진은

아직도 내 눈앞에 어른거려.

내가 그때부터 수국을 좋아했던 걸까?

아니면, 원래부터 좋아했을지도 몰라.

기나긴 이야기 끝에

나는 네가 점점 더 궁금하기 시작했다.

어떤 음식을 좋아해?

좋아하는 색깔은?

책 좋아해?

주로 어떤 작가의 책을 읽어?

물어보고 싶은 질문이 참 많았다.

"또 이야기해 우리."

보고 또 보고.

웃고 또 웃고 그랬다.

너의 첫 생일 선물을

나는 여전히 가끔 손에 들고

다시 만져보고 훑어본다.

책 사이사이에 놓아두었던 이파리들조차

천천히 훑어본다.

내가 나이 먹은 숫자만큼이나 있던 그 이파리들이 말이다.

너도 나의 선물 같은 존재였다.

보고 또 보고.

마음이 울고 또 울고.

나는 오늘 너에게 마지막 편지를 쓰고 싶다.

비록 보내지는 못해도 한 번만 더 써보고 싶다.

너의 그 위로의 한마디 한마디가

나에게 깜깜한 숲속에서 밝고 밝은 햇살이 되어주었다.

온 마음으로 고마워, 항상.

어제도, 지금도.

그리고 나는 앞으로도 너에게 고마울 것이다.

그때 내가 보았던 꿈이 실제로 안 일어났으면 했다.

해 질 무렵에 그 바닷가에서의 여름처럼 나의 '안녕'.

겨울처럼 그 인사를 받았던 너.

나는 깨달았다.

실로 그 꿈은 악몽이었구나.

샌프란시스코의 그 밝은 바닷가가

몹시 슬퍼 보였다.

나는 아직도 아물지 않은 상처들이 남아 있다.

더는 아무 고민도 하기 싫고

아무 걱정도 하기 싫다.

나의 행복을 아직 못 찾았지만

너의 말처럼 많은 것을 기다리는데

기다리는 게 진짜 기다리는 것이 될까?

나도 기다리는 게 아무것도 기다리지 않는 게 아니라

무언가를 기다리게 됐으면 좋겠다.

서로에게 말했던 것처럼

가장 멋진 모습으로 만나자, 우리.

너를 원망하더라도

나를 이해해줬으면 좋겠다.

나의 귀중한 추억으로 남아 있었으면 좋겠고

늘 행복했으면 좋겠다.

나에게 편지 써줘서 고마워.

그리고 미안해.

너에게 편지를 쓸 수 없다, 이제.

2020년 사월 다섯 번째

봄이 웃어지기 시작한 어느 날,

너의 친구가 보냄.

발문

튀르키예 시인 라라를 소개합니다

_나태주(시인)

튀르키예 시인 라라를 소개합니다

나태주(시인)

사람이 오래 살다 보면 더러는 특별한 일도 생기나 보다. 내가 튀르키예(터키)의 시인 라라 씨를 알게 된 것은 얼마 전의 일이다. 어느 날 나의 이메일로 낯선 이름의 이메일이 왔다. 늘상 있는 일이라 그러려니 하면서 열어봤는데 한국에 사는 사람의 이메일이 아니라 튀르키예에 사는 사람의 이메일이었다.

그것도 젊은 여성의 이메일. 문학을 전공하고 시를 좋아하는 사람으로서 나의 시를 번역하여 한국문학번역원에 제출하겠노라는 내용이었다. 마다할 일이 아니라서 그러라 했고, 조금 뜸을 들이고 있는데 번역 쪽에 아예 튀르키예어 번역 분야가 없어 접수도 하지 못했노라는 전갈이 또 왔다. 아쉬운 일이었다.

그렇게 해서 이야기가 열렸고 이메일이 오고 가다가 끝내는 라라 씨가 한글로 시를 쓰는 사람이라는 말을 들었고 그렇게 쓰여진 시 작품이 제법 된다는 소식을 들었다. 흥미가 생겨 나에게도 좀 보여달라 했고 라라 씨의 시집 원고가 나에게까지 오게 되었다. 대뜸 보는데 놀라움이 있었다.

한국 사람이 쓴 시보다 아름다운 시들이 첩첩이 쌓여진 시집 원고였다. 햐, 이것 좀 보소! 나는 속마음으로 흥분했고 시집 원고를 끝까지 읽은 다음 결심을 하게 되었다. 이 사람의 이 시를 그냥 묵혀두면 안 되겠다. 한국에서 시집으로 내주어야만 하겠다. 그러려면 어쩌면 좋지? 어떻게 하면 좋지?

이 사람은 분명 한국의 출판사 사정을 잘 모를 것이다. 그러면 내가 나서야 하는 게 아닌가. 우선 나의 시를 사랑하여 시집을 통째로 번역했다 하지 않는가. 그뿐 아니라 이 사람의 시를 읽어보면 한국 사람보다도 한국말을 더욱 유창하게 유용하게 사용하는 능력과 애정이 넘쳐나지 않는가.

이건 참으로 고마운 일이다. 감사를 넘어선 감사에 이르는 일이다. 분명히 외국인인데 우리 한국말을 이토록 속속들이 이해하고 그것을 가지고 시의 문장으로까지 표현하다니! 칭찬을 넘어서 칭찬이 거기에 있어야만 했다. 정말로 한글을 만드신 세종대왕이 이 사실을 아신다면 얼마나 기뻐하고 좋아하실는지 모를 일이다.

라라 시인의 튀르키예 이름 표기는 'Dilara Ozyurt'. 한국말로 발음하면 '라라'. 자기소개서에서 밝힌 대로 라라 씨의 출생지는 튀르키예의 이스탄불. 아시아와 유럽의 경계에 자리한 역사와 문화의 도시. 태어난 해는 1989년. 올해(2022년) 나이로 쳐서 꽃다운 청춘 33세다. 이렇게 어린 사람이 어찌 이리도 한국말을 사랑하고 또 그 한국말로 시를 쓰기까지 했단 말인가!

나는 시를 쓰는 후배들에게 '무엇무엇에 대해서' 시를 쓰지 말고 '바로 그것'을 쓰라고 말하곤 한다. 나아가 시를 읽으면 우리 마음이 바로 그것이 되게 하라고 말한다. 그래야 시가 간결해지고 간절해지고 유용해지고 질박해진다고 말한다. 무엇무엇에 대해서 쓰다 보니 자꾸만 표현이 외곽으로 빙빙 돌면서 문장이 길어지고 성글어지고 긴장감은 물론 감동까지도 잃는다고 말한다.

그런데 라라 씨의 시를 읽어보면 바로 '무엇무엇에 대해서'를 넘어서 '바로 그것'에 대해서 쓰고 있음을 본다. 이 또한 놀라움이요 한 깨달음이요 한 배움이다. 끝 페이지까지 읽을수록 마음속에서 와, 와, 하는 감탄이 일어나고 기쁨이 샘솟는다. 그렇다면 내가 힘을 써서라도 시집을 내주는 것이 좋지 않을까.

생각 끝에 평소 알고 지내던 이도훈 시인이 운영하는 '도서출판 도훈'을 생각해 내고 그쪽에 부탁해보기로 했다. 마침 그 출판사에서 베트남 출신 시인의 한글 시집이 나온 것을 본 일이 있어서 더욱 그랬다. 이렇게라도 해서 나의 시를 사랑해주고 지극한 마음으로 한글을 사랑하고 또 한글로 아름다운 시까지 써준 라라 씨에 대한 보답이 될 것만 같아서 그렇다.

시집 제작은 자비출판 형식이므로 제작비는 일단 내가 댈 것이다. 그리고 시집 제작 과정의 자잘한 소통은 직접, 라라 씨와 출판사가 상호작용으로 해결할 것이다. 500부 제작한다 했으니 50부는 라라 씨에게 전하고 450부는 시중의 서점에 낼 것이다. 부디 좋으신 독자 눈 밝은 독자들의 선택과 지원을 청한다.

라라 씨의 시가 얼마나 아름답고 박진감 있고 진솔하며 감동적인지는 한두 편만 시작품을 직접 읽어보면 대번에 느껴서 알 일이다. 읽어보면 알겠지만 조금은 서툰 것 같은 어린 아기의 발성 같은 그런 표현이 보인다. 이야말로 시의 문장에서 요구하는 천진성이라 여겨진다.

시의 문장은 약간의 생략과 비약을 허용하며 애매모호까지도 그 특징으로 삼는다. 우리가 읽는 라라 씨의 시 문장이 바로 그런 문장이다. 생전 처음 대하는 것 같은 신기성까지 우리에게 준다. 튀르키예 사람의 문화적 감각과 감성이 한국어를 만나 꽃을 피운 결과가 아닌가

싶다. 어쨌든 시는 시를 읽어보아야 알 일. 라라 시인의
시 두 편만 설명 없이 아래에 옮겨보기로 한다.

저 먹구름들이 계속 이렇게 어깨동무하지 않을 거야.

좀 더 기다려주면 서로에게 떨어지게 될 거야.

그때 하늘이 개고 따스한 빛을 드러낼 거야.

비가 남겨둔 이 향을 기억 속에서 간직해보자.

아끼면서 되새기자.

솜사탕 같은 푹신푹신한 새하얀 구름.

무한대의 파랑.

더해진 선물인 저 무지개 칵테일.

기다리고 기다렸던 우리의 이 잔치를

이제부터 즐겨볼 시간이다.

하나하나 이 별미를 맛보며 들이켜보자.

—「잔치」 전문

나를 안아줘요.

아주 예쁜 섬에 여행 온 것처럼.

우아하게 내리는 여우비처럼.

어린 시절의 기쁨처럼.

안아줘요.

—「안아줘요」 전문

추천사

감각 안에서 우리의 모국어는 같다

_나민애(문학평론가, 서울대학교 교수)

감각 안에서 우리의 모국어는 같다

나민애(문학평론가, 서울대학교 교수)

원래 라라의 언어는 나의 언어와 다르다. 그의 모국어는 튀르키예(터키)어고 나의 모국어는 한국어다. 이건 사실이다. 그런데 원래 시란 사실을 원하지 않고 진실을 원한다. 그러므로 우리는 라라의 시집 앞에서 '언어의 다름'을 돌아보아야 한다. 과연 라라의 모국어와 나의 모국어는 다른가.

결론부터 말하자면 이 시집은 모든 언어의 위에 '단 하나이 언어'가 있다고 역설한다. 튀르키예어로 'seviyorum'라고 말하든 한국어로 '사랑해'라고 말하든 우리가 느끼는 사랑의 감각은 동일하다. 튀르키예어로 'anne'라고 부르든 한국어로 '엄마'라고 부르든 우리가 느끼는 따뜻함은 동일하다. 튀르키예와 한국은 멀리 떨어져 있지만 우리의 언어는 서로 멀지 않다. 이 시집을 보는 과정은 그 가까움을 확인하는 과정이기도 하다. 라라의 언어와 나의 언어는 감각이라는 '단 하나의 언어' 속에서 행복하게 통일된다.

그가 "하늘 너머의 하늘/ 꿈 너머의 꿈"(「하늘 너머 꿈 너머」)을 꾼다고 말하면 우리는 그것을 어떻게 읽는가. "나는 이 모든 풍경을 들이마신다."(「파랑」)라고 말하면 어떻게 이해하는가. 언어로 입력하되 마음으로 느낀다. 꿈 너머의 꿈이 안개처럼 내려앉고 풍경을 마신 가슴이 부풀어 오른다. 라라가 보는 것을 우리도 본다. 라라가 마신 숨을 우리도 마신다. 이 일체감은 언어 너머에서 온다. 표현의 방법이 무엇이든, 국적이 어디든, 모국어 가 무엇이든 라라와 우리는 '감각'이라는 동일한 언어에 서 만나는 것이다.

먼 옛날 모든 인류는 같은 언어를 사용했다고 한다. 그런데 우리는 벌을 받았고, 바벨의 탑 아래에서 서로 다른 언어로 헤어졌다. 근대에 들어와서는 각자의 모국 어를 가장 중시하게 되었다. 그렇지만 라라의 시를 읽으 면 바벨 이전의 언어를 상상하게 된다. 모국어라는 것 이 중요하면서도 중요하지 않구나, 우리에게는 언어로 붙잡을 수 없이 함께 느껴야 하는 무엇이 있구나, 깨달 게 된다. 라라와 나의 모국어는 문명의 언어들로 쪼개졌 지만, 그와 나는 서로 다른 장소에서 출발했지만 그것은 큰 문제가 되지 않는다. 이 시집에서 우리는 각자의 언어를 버리고 '사람의 언어, 시의 언어', 그것 하나로 다시 만나기 때문이다.

라라는 말한다. 한국에 처음 왔을 때 "무언가 낯설지 않고 아무것도 무섭지 않은 그런 느낌"을 받았다고. 이 땅에 잠들어 있는 '사람의 언어'가 한 이방인을 낯설지 않게 불러냈다. 라라의 가슴에 잠들어 있던 '시의 언어'가 이 땅을 무섭지 않게 했다. 우리는, 라라의 언어와 나의 언어는, 오래전부터 멀리 떨어져 있었지만 서로를 부르고 있었음을 안다.

이 시집 안에서 우리의 모국어는 결국 하나가 된다. 시의 언어가 깨어나서 우리를 안아주고 있다.